영원히 함께 해요

옛날 옛날 아주 먼 옛날,
빨간 열매를 무척이나 좋아하는
티라노사우루스가 살았어요.
여느 티라노사우루스와 달리
순하고 겁이 많았지요.

미야니시 타츠야 글·그림 | 송소영 옮김

달리

얼마나 겁이 많았나 하면,
자기보다 훨씬 작은
새끼 공룡과 마주쳐도
무서워서 숨을 정도였어요.

티라노사우루스는 다른 공룡들과
친구가 되고 싶었지만,
겁이 많고 소심해 늘 혼자였어요.

티라노사우루스가 겨우 용기를 내어
다가가면 공룡들은 이렇게 외쳤어요.
"티라노사우루스가 나타났다!
도망쳐!"

모두 티라노사우루스가 사납다고 여겼어요.
티라노사우루스는 도망치는 공룡들을 보며 눈물을 뚝뚝 흘렸지요.
"모두 나를 싫어하나 봐.
내 진짜 모습을 알아주면 좋겠는데……."

바로 그때였어요.
머리 위에서 누군가 티라노사우루스에게 말을 걸었어요.
"난 아저씨의 참모습을 알아요."
작고 예쁜 프테라노돈이었어요.
"내 이름은 프논이에요. 놀라지 마요.
아저씨의 친구가 되어 주려는 것뿐이니까요."
"저, 정말? 내 친구가 되어 준다고?"
티라노사우루스가 깜짝 놀라 물었어요.

"난 아저씨가 외롭단 것도,
겁이 많다는 것도 다 알아요.
빨간 열매를 좋아하는 것까지
쭉 지켜봤거든요. 내가 친구 해 줄게요.
그 대신 내가 시키는 대로 해야 해요."
"물론이야. 그, 그럴게."
처음으로 친구가 생긴 티라노사우루스는
무척이나 기뻤어요.

"난 아저씨가 강해지면 좋겠어요. 든든한 친구가 되어 주세요."
"어떻게 하면 되는 거야?"
"오늘부터 함께 힘을 기르는 훈련을 해요."
그러더니 프논은 먼저 큰 소리로 울부짖으라고 했어요.
티라노사우루스는 프논이
시키는 대로 했지요.
"아니요, 더 힘껏.
배에 힘을 꽉 주고요!"

빠직
아득, 뿌득, 뚝!
"아! 이, 이가 부러졌어."
"이번에는 나뭇가지를
부러뜨려 봐요."
프논이 어떻게 하는지
보여 주었어요.
티라노사우루스는 프논을
따라 입을 크게 벌려
나뭇가지를 콱 물었지요.

그날 밤, 둘은 함께 잠을 잤어요.
"그동안 외로웠죠? 이제부터 내가 늘 함께 있어 줄게요."
"고마워, 프논."
티라노사우루스는 고된 훈련으로 몸이 피곤했지만,
마음은 무척 행복했어요.

다음 날 아침, 프논이 말했어요.
"아저씨, 배고파요. 빨간 열매가 먹고 싶어요."
"그래, 그래."
티라노사우루스는 빨간 열매를 잔뜩 따 왔어요.
"정말 맛있어요. 함께 먹으니까 더 맛있죠, 아저씨?"
그러자 티라노사우루스는 활짝 웃었어요.

프논이 빨간 열매를 다 먹자 말했어요.
"아저씨, 이번에는 바위를 들어 봐요."
"응, 그래."
하지만 바위 들기는 쉽지 않았어요.
티라노사우루스는 그만 발등을 찧고 말았지요.
"아야야. 내 발이……!"

"이제 박치기를 해 볼까요?
겁 내지 말고 나무에 온몸을
힘껏 부딪쳐요!"
"알았어. 하나, 둘, 셋!"
티라노사우루스는 프논이
하는 대로 따라했어요.
쾅!
"아, 아파!
코피가 나……."

결국 티라노사우루스는 울음을 터트렸어요.
"너무 아파. 이도 부러지고, 발등도 퉁퉁 붓고, 코피도 나잖아.
더는 못하겠어! 너무 힘들어."
그러자 프논이 버럭 화를 냈어요.
"겨우 이것도 못 참아요? 아저씨는 바보! 겁쟁이!"
그러고는 휙 날아가 버리고 말았어요.

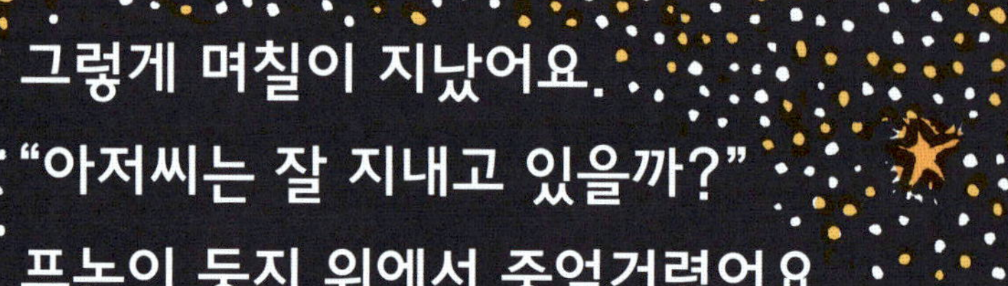

그렇게 며칠이 지났어요.
"아저씨는 잘 지내고 있을까?"
프논이 둥지 위에서 중얼거렸어요.

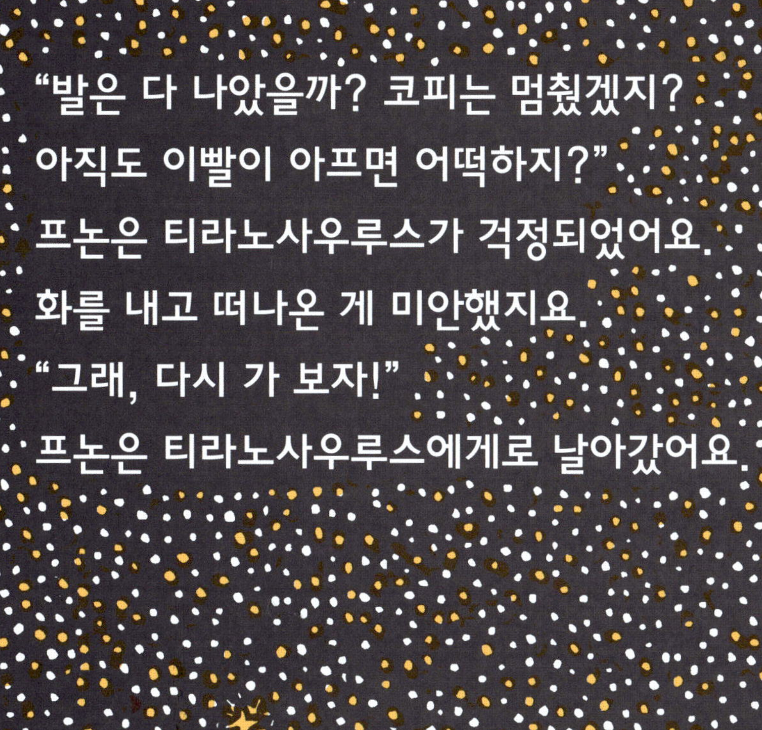
"발은 다 나았을까? 코피는 멈췄겠지?
아직도 이빨이 아프면 어떡하지?"
프논은 티라노사우루스가 걱정되었어요.
화를 내고 떠나온 게 미안했지요.
"그래, 다시 가 보자!"
프논은 티라노사우루스에게로 날아갔어요.

티라노사우루스가 있는 곳에 도착한 프논은
깜짝 놀랐어요.
티라노사우루스가 혼자서 바위 들기 연습을
하고 있는 게 아니겠어요.
"할 수 있어. 프논이 원하잖아. 강해져야지.
끙———차!"

티라노사우루스가 커다란 바위를 들어 올렸어요!
"와! 성공, 성공이야. 멋져요, 아저씨!"
프논은 너무 기뻐 자기도 모르게 소리쳤어요.

"프논! 돌아온 거야? 보고 싶었어."
티라노사우루스는 프논을 꼭 껴안았어요.
"화내서 미안해요."
프논도 티라노사우루스를 껴안았지요.

"네가 가르쳐 준 대로 계속 연습했어, 잘했지?"
티라노사우루스가 자랑스레 말했어요.
"프논, 이젠 정말 쭉 함께 있을 거지?"
"그럼요, 약속해요. 이젠 절대 어디 가지 않을게요."
둘은 행복해서 눈물이 주르륵 흘렀지요.
별이 반짝반짝 빛나는 밤이었어요.

다음 날 아침,
티라노사우루스가 빨간 열매를 따서 돌아오니
프논이 보이지 않았어요.
"어딜 간 거지?"
티라노사우루스가 두리번두리번
주위를 둘러보는데…….

"살려 주세요. 아저씨, 도와주세요!"
프논의 목소리였어요. 숲에서 들려왔지요.
티라노사우루스는 숲을 향해 정신없이 달렸어요.

크고 험악하게 생긴
고르고사우루스가 숲속에 서 있었어요.
한 손에는 프논을 쥔 채 말이에요.
금방이라도 프논을 잡아먹을 듯했지요.
"프, 프논을 놓아 주세요."
티라노사우루스는 벌벌 떨면서 말했어요.
"뭐라고? 하하, 요놈이 갖고 싶으면 덤벼 봐!"
고르고사우루스는 눈을 희번덕이며 말했어요.

"아, 아니요. 저는……."
티라노사우루스는 온몸이 떨려
말도 잇지 못했어요.
"하하! 이 녀석 가만 보니 떨고 있구나.
이 겁쟁이 꼬마야, 이 열매나 먹으렴."
고르고사우루스는 티라노사우루스를 향해
빨간 열매를 던졌어요.

티라노사우루스는 너무 무서워 어쩔 줄 몰랐어요.
벌벌 떨면서 빨간 열매를 주웠지요.
눈물을 줄줄 흘리며 터덜터덜 자리를 떠났어요.

"겁쟁이라서 미안해.
프논, 정말 미안해……."

힘없이 걷던 티라노사우루스가 멈춰 섰어요.
"나……."

"프논과 약속했어. 앞으로 쭉 함께 있겠다고!"

티라노사우루스는 고르고사우루스를 향해 달렸어요.
그리고 온몸을 고르고사우루스에 부딪쳤어요.
고르고사우루스의 팔도 있는 힘껏 물었지요.
그러자 고르고사우루스는 놀라 달아났어요.
티라노사우루스도 정신을 잃었지요.
시간이 그렇게 한참 흘렀어요.

티라노사우루스가 정신을 차렸을 때,
프논의 목소리가 들렸어요.
"사실 나도 외톨이였어요. 작고 보잘것없는
날 아무도 상대해 주지 않았죠.
아저씨는 내 얘기를 들어 주고,
나를 보살펴 준 유일한 친구예요.
날 혼자 두면 안 돼요. 눈 좀 떠 봐요.
우리 영원히 함께하기로 했잖아요!"
프논이 울면서 소리쳤어요.

티라노사우루스가 마지막 남은 힘을 짜내
작은 목소리로 말했지요.
"프논, 우린 영원히 함께할 거야……."

그날 이후, 프논은 티라노사우루스 곁을 절대 떠나지 않았답니다.

미야니시 타츠야는 일본 시즈오카현에서 태어나 일본대학 예술학부 미술학과를 졸업했습니다. 인형미술가, 그래픽 디자이너를 거쳐 그림책 작가가 된 미야니시 타츠야는 개성 넘치는 그림과 가슴에 오래 남는 이야기로 전 세계 독자들에게 널리 사랑을 받고 있습니다. 〈고 녀석 맛있겠다〉 시리즈 외에도 《엄마가 정말 좋아요》, 《말하면 힘이 세지는 말》, 《신기한 씨앗 가게》, 《찬성!》, 《메리 크리스마스, 늑대 아저씨!》 등 많은 책이 우리나라에 소개되었고, 《고 녀석 맛있겠다》로 '겐부치 그림책 마을' 대상을, 《오늘은 정말 운이 좋은걸》, 《누구 젖?》으로 고단샤 출판문화상 그림책 상을 받았습니다.

송소영은 일본 레이타쿠 대학과 대학원에서 일본어를 공부했습니다. 저자의 마음까지 전하는 번역을 위해 노력하며 좋은 책을 소개하는 번역 기획도 하고 있습니다. 옮긴 책으로는 《모두 다 사랑해》, 《나는 당신을 믿어요》, 《고마워, 사랑해》, 《영원히 함께해요》, 《미니부케와 세 마녀》, 《누구나 할 수 있는 멋진 마법》, 《허브 정원의 피아노 레슨》 외 다수가 있습니다..

영원히 함께해요

1판 1쇄 펴냄 2017년 7월 5일
1판 14쇄 펴냄 2024년 9월 26일

글·그림 미야니시 타츠야 | 옮긴이 송소영
편집 정재은 | 디자인 심흥섭
펴낸이 박소연 | 펴낸곳 (주)도서출판 달리
등록 2002.6.4(제10-2398호)
주소 04008 서울특별시 마포구 희우정로 16길, 17-5
전화 02)333-3702 | 팩스 02)333-3703
ISBN 978-89-5998-312-4 74800
ISBN 978-89-90364-52-4(세트)